Ye

19462

ODES

A L'EMPEREUR

NAPOLÉON:

Suivies de deux Pseaumes et d'une Satyre contre un Bal.

Par M. Darrodes-Lillebonne.

De l'Imprimerie de Tiger, place Cambray.

A PARIS,

Et chez les Marchands de Nouveautés.

An 1806.

PREMIÈRE ODE

A NAPOLÉON:

Faite avant le premier Vendémiaire.

Le plaisir fait sur nous l'effet de la magie ;
La seule adversité donne de l'énergie.

AVERTISSEMENT.

Je crois devoir avertir le Lecteur, que la méthode que je suis dans ces deux ouvrages est la même que celle que j'ai suivie dans mon poëme sur les Pyrénées, et dans mes élégies. Je ne varie point dans mes résolutions ; je crois ma synthèse bonne ; je la défendrai jusqu'au dernier soupir ; non par des préfaces, mais par de nouvelles productions, que je vais mettre au jour incessament. Des odes appuieront mes prétentions ; des satyres viendront les défendre. Ce seront là les écrits précurseurs de ma fille unique, de ma Bethsabée, tragé-

A 2

die en cinq actes et en vers, que je me
propose de mettre bientôt entre les
mains du Public éclairé et impartial.
Ce même Public sera mon juge ; c'est
à son tribunal que j'en appelle ; c'est
à lui que j'offre l'Ode que ma inspiré
le plus grand des Guerriers, et l'homme
le plus extraordinaire qui ait encore
paru sur la surface du globe. C'est à
lui que j'offre mon premier pseaume,
que j'ai formé de pensées choisies
dans mes opuscules, et de quelques
autres vers, précédés par mon épigraphe. Je me suis efforcé de les
rendre tous semblables aux deux pre-
miers. Je crois y avoir réussi. J'ose
donc défier la couleuvre du Pinde
et la fourmilière des poëtes Liliputiens
de pouvoir en attaquer un seul avec
avantage. Qu'ils osent me provoquer,
qu'ils se montrent à visage découvert
ces vils détracteurs, et je me fait fort
de leur prouver la vérité de ce que
j'avance à la face du ciel et de la
terre. Les obstacles ne me rebutent

point ; je suis novateur, j'en ai la
fierté, j'en soutiendrai le caractère,
et mes ouvrages le prouveront. Oui,
Lisbonne pourra être malheureux,
mais il ne sera jamais un lâche.

Qu'ils osent mettre au jour la plus noire malice,
Je saurai tenir ferme au bord du précipice.
La mollesse toujours suit la prospérité ;
La grandeur ne paroît que dans l'adversité.

Ces vers, ainsi que mon épigraphe,
ne s'appliquent point au Héros dont
la conduite est plus qu'humaine ; mais
seulement aux hommes.

ODE PREMIÈRE.

Muse! dis quel est ce dieu
Qui de l'Olympe descend.
Depuis qu'homme est en ce lieu,
S'est-il rien vu de plus grand.
Son cri fait mugir la Loire ;
France tu lui tends les bras.
Quelle fierté ! la Victoire
Semble précéder ses pas.

Dieux! sur un trône de gloire,
Il ressemble aux immortels :
Les humains, à sa mémoire,
Vont ériger des autels.

Son regard lance la foudre,
Son front est mâle et guerrier;
Il va tout réduire en poudre,
Le premier et le dernier.

Quel héros plus magnanime
A fait pâlir les enfers.
Son œil perçant et sublime
Franchit l'empire des mers.
Dans son vol audacieux
Il a mesuré la terre.
Il a saisi le tonnerre
Et fait tressaillir les cieux.

Gémissez profonds abîmes,
Fuyez monstres effroyables,
Vils égorgeurs de victimes,
Aux mortels impitoyables.
De sa foudre vengeresse,
Méchans ! craignez le courroux.
Justes ! louez sa tendresse,
Il n'a des yeux que pour vous.

Baisse ta voix orgueilleuse,
Frémis peuple d'Albion ;
La Nation belliqueuse,
Tremble à l'aspect du Lion.
Vis-tu, superbe Angleterre,
Vis-tu dans nos champs fameux,
Ce jeune Dieu de la guerre
Faire pâlir tes neveux.

Sors de ta honteuse couche,
Vole interroger les Rois.
Entends de leur propre bouche
Le récit de ses exploits.
Demande-leur qui des fers.....
France ! tu peux être fière,
L'Europe fut sa carrière,
Et son témoin l'Univers.

Qui dans l'antique Ausonie
A fait pâlir le croissant ?
Qui nous a rendu la vie ?
N'est-ce pas son bras puissant.
Qui dans ce tems mémorable,
Qui dans ce siècle d'horreur,
Fit d'une voix redoutable
Évanouir la terreur ?

Quand la Loire ensanglantée
Roula des flots de mourans ;
Sous Nantes épouvantée
A l'aspect de ses tyrans ;
Qui plein de compassion
Au souvenir de ces maux,
Brûla pour la nation,
Dis, n'est-ce pas ce Héros ?

Avant ces temps malheureux
Le ciel pour nous gémissoit.
D'un avenir douloureux
L'innocence frémissoit.

Une comète effrayante
Sembla menacer le monde ;
Des cieux une main sanglante
Parut dans la nuit profonde.

Sous un voile épouvantable
Les airs dégoûtoient de sang.
La voix de l'impitoyable
Sembloit percer le couchant.
Alors l'enfer en furie
Sort des abîmes sans fond ;
Le globe épouvanté crie
Et pousse un soupir profond.

La vengeance et la terreur
Précèdent des furieux ;
Leur aspect glace d'horreur ;
Tout l'enfer est dans leurs yeux.
De leurs glaives assassins
Ils poursuivent les Français.
Tous dans le sang des humains
Ont juré d'asseoir la paix.

Par une route de sang
Ils doivent monter au trône.
L'enfer hideux et sanglant
Leur montre au loin la couronne.
Voulez-vous en être digne,
Foulez aux pieds les mortels.
Pour cette faveur insigne,
Ensanglantez les autels.

Que dans le sang de vos frères,
Vos bras nerveux soient trempés.
N'épargnez pères ni mères ;
Que tous soient enveloppés.
Que dans une nuit affreuse
Les villes précipitées ,
Sous son aîle désastreuse
Reculent épouvantées.

Il dit : et l'Olympe tremble ;
Un démon frappe les airs.
Le grouppe hideux s'assemble ,
Et menace l'univers.
Son cri fait pâlir les cieux,
La terre se bouleverse ,
La montagne se renverse
Et vomit des furieux.

Mille échafauds sont dressés ,
Mille tombeaux sont ouverts ;
Morts et mourants entassés
Ont roulé dans les enfers.
L'innocence épouvantée
N'ose pousser des sanglots ;
Par le crime maltraitée ,
Elle dévore ses maux.

Le silence , un morne effroi
Règnent dans toutes les villes.

L'habitant rentre chez soi,
Plein de frayeurs inutiles.
La pâleur et la tristesse
Se peignent sur les visages ;
Une effroyable détresse
Semble garder les passages.

Où te tenois-tu dès lors,
Héros descendu du ciel ?
A l'aspect de tous nos morts
Ton cœur s'abreuvoit de fiel.
Lyon t'arracha des larmes ;
Cette ville infortunée,
Dans les cris et les alarmes,
A la flamme abandonnée.

Arras dans le sang noyé,
Bordeaux, Nantes désolée,
Le Mans au loin balayé ;
Aix, Toulouse échevellée.
La Cité toute tremblante,
La mère de tous nos maux,
La capitale mourante
Multipliant nos fléaux.

Un monstre succe ses flancs ;
Mais soudain la foudre tombe....
Il est avec les méchans
Enseveli dans la tombe..

Qu'aucun soin donc ne t'arrête ;
Un ange exterminateur
A dissipé la tempête ;
Sois son co-opérateur.

Vole dans les champs de Mars ,
Dans les plaines de Bellonne ;
Où jamais , dans les hasards ,
La gloire ne t'abandonne.
Renverse nos ennemis ,
Rend la paix à l'Italie ;
Et que les Celtes amis
Dans tes loix trouvent la vie.

L'interpréte du très-haut
Te dispense ses trésors ;
Et dans la nuit du tombeau
Tu va vivre chez les morts.
Vole ; à la religion
Rend sa première splendeur.
De la fille de Sion
Viens dissiper la douleur.

Mais , où t'emporte la gloire ,
Loin du séjour des frimats ?
Tu vas porter la victoire
Dans les plus brûlans climats.
Ces sables , où le tropique
Verse des torrens de feux ,
Qui du haut de l'écliptique
Éclairent nos champs fameux.

A 6

Mais tandis que de ta foudre
Tu fais trembler le Bosphore ;
Les beaux lieux où naît l'aurore,
Et l'Arabe dans la poudre :
Tandis que les Africaines
Admirent tes fiers exploits ;
Et que les Siciliennes
Te louent à haute voix.

Du fond de la Sarmatie
Sort un peuple belliqueux :
Il estime peu la vie ;
Il tonne au milieu des feux.
Il fait mugir l'Allemagne
Et le Danube en courroux ;
Il fait tressaillir l'Espagne ;
Il ne menace que nous.

Le feu brille, l'airain gronde ;
Le Belge accourt à grands cris :
Tout l'univers les seconde ;
L'Orient en est épris.
Déjà la trompête sonne....
O spectacle désastreux !
La gloire nous abandonne !....
Où fuyez-vous, malheureux !

Accours, ange tutélaire,
Viens rallier nos cohortes.
Viens sauver la France entière,
Revole jusqu'à nos portes.

Ton aspect va dissiper
La foule des nations,
Et nous n'aurons qu'à frapper
Dans leurs externations (1).

Le voici semblable aux vents.
Français , voici votre roi.
Cesse tes plaintifs accens,
Lutèce , console-toi.
Le Tout-Puissant le conduit ;
L'éclair est dans ses regards.
De tes maux il est instruit ;
C'en est fait, plus de hasards.

Dieux ! les tempêtes du nord
Ont fui de devant sa face.
Dans ces climats où s'endort
L'hiver sur des monts de glace ,
Une seule hydre , aux cents têtes ,
Ose tenir devant lui.
Ce monstre troubloit nos fêtes ,
Mais il n'est plus aujourd'hui.

Graces à son bras puissant.
Nous reprîmes l'Ausonie ,
Aux yeux du Turc pâlissant,
Et de l'antique OEmonie.

---

(1) Externation ou épouvante vient du verbe latin *externare* , o , aliéner, faire perdre l'esprit. Ovid. épouvanter , etc.

Les Germains épouvantés
Jusques aux portes de Vienne,
Chassés et précipités,
Ont perdu l'Aigle romaine.

L'Allemagne humiliée
Se soumet à son vainqueur.
L'Espagne, notre alliée,
Est en proie à la douleur.
Les Iles des Nations,
L'usurpatrice des mers,
Veut, dans ses prétentions,
Les rênes de l'univers.

Dominatrice orgueilleuse
Sais-tu quelle est sa puissance?
Une nation fameuse
Peut tout par son assistance.
Le génie et le courage
Ne trouvent point de barrière.
Des vents ils bravent la rage,
Et des mers la plage altière.

Tremble donc, pâlis d'effroi,
Proche un lion redoutable.
Pour ami prends un grand roi,
Ou crains son bras formidable.
Des mortels il est l'idole,
Et des cieux la complaisance.
La volupté le console,
Et sourit à sa puissance.

Lève-toi , Napoléon ,
La gloire de l'univers.
Montre-toi comme un lion ;
Saisis l'empire des mers.
Montre aux siècles étonnés ,
Que dans la paix , dans la guerre ,
Dans ces temps peu fortunés ,
Tu fus l'amour de la terre.

PSEAUME SUR LA FIN.

La France est mon berceau , l'univers ma patrie ;
Le seul amour du bien à ce grand tout me lie.
Je lis avec effroi dans le livre du monde ,
Son principe , sa vie , et son heure seconde.
Mon ame a d'un clin d'œil parcouru tous les siècles
Je vois l'éternité mère des mêmes siècles. (1)
Le Dieu très-haut prit soin de ma débile enfance ;
C'est lui qui m'a donné cette noble assurance.
Le Seigneur tout-puissant , d'une voix de tonnerre,
Me crie incessament d'abandonner la terre :
Prends les aîles de l'aigle et son courage mâle ;
Part , vole comme un trait sur la roche fatale :
Assieds-toi sur la cîme, inspecte l'univers;
Lis dans la vérité les biens et les revers.

---

(1) Je n'ai pu trouver de rime pour siècle. Qu'un autre
plus habile en trouve une, qui, adaptée au vers, ne modifie
point ma pensée.

Ose fouler aux pieds les choses périssables,
Et chanter du très-haut les bienfaits redoutables.
Alors du vrai bonheur tu goûteras les loix,
Assis loin de la pourpre et du trône des rois.
Immobile au milieu des orages du monde,
Tu verras, d'un œil sec, leur malice profonde
Se briser à tes pieds, entr'ouvrir les enfers,
Faire éclater les cieux, fracasser l'univers ;
Dérouler la machine et la démenteler ;
Mille morts t'entourer, te fixer, t'appeller,
Sans que ton cœur ému se ressente jamais,
De nulle impression opposée à la paix.
Contemple mon empire et ce trône céleste ;
Ils sont à toi, mon fils, mon serment te l'atteste.
Que faut-il pour ces biens ? ton cœur, donne-le moi ;
Pour une éternité mon royaume est à toi.

Approche ; que vois-tu ? le nœud de l'univers,
Et son vaste tableau que noircit le pervers.
Les trônes, les grandeurs des Peuples de la terre ;
Les vastes régions qu'habite le tonnerre,
Où la foudre au loin brille et s'abyme en grondant,
Où règne le rapide et fougueux ouragant
Qui du vaste Océan, amoncelant les ondes,
A juré, mugissant, de renverser les mondes ;
Veut former un tombeau de la nature entière,
Et briser, en mourant, sa rage meurtrière.
Tes yeux, dans cette main, percent la nuit des temps...
Dieux ! j'entends le réveil du songe des méchans !
Leur gosier à l'aspect de la fatalité,
Percera d'un seul cri toute l'éternité.
Ils appellent en vain la mort à leur secours ;
Le néant répondra, car mes cieux seront sourds.

C'est là ce que m'a dit le Seigneur des armées ;
Revenez donc à lui , Nations alarmées.

Choisissez, ou d'un Dieu terrible et fulminant,
Dont le souffle du ciel fait un charbon ardent ,
Fait trembler l'univers au bruit de sa colère,
Et rentrer les humains au sein de la poussière ;
Ou d'éternels baisers, inéfables délices,
Qu'Adonaï réserve à tous vos sacrifices.
Si j'ai fait retentir la trompête de l'ange,
Ce n'est que pour mourir et rentrer dans la fange.

   Tel que la tente d'un berger ,
   Que bientôt sa main va changer ,
   Il l'arrache et plie au matin
Pour être transportée en un pays lointain ;
De même le Seigneur transfère ma demeure ,
   Et je vais passer tout-à-l'heure.

DEUXIÈME ODE
A NAPOLÉON:

Sur la guerre des trois Empereurs.

Cieux, et vous, Peuples de la terre, ecoutez
les paroles de ma bouche.

AVERTISSEMENT.

Cher Lecteur, ne t'imagine point que
parce que j'ai suivi la méthode ordinaire
dans cette Ode, j'aie abandonné la mienne.
J'en serois bien fâché. Si donc j'ai suivi
l'ancienne méthode dans cette pièce de vers,
c'est uniquement pour prouver à mes antagonistes que je ne trouve pas plus de diffi-
cultés à l'une qu'à l'autre, et que si je suis
une manière nouvelle d'entremêler les vers,
c'est uniquement parce que je la crois
meilleure, moins monotone, plus natu-
relle, et par conséquent plus propre à
rendre la beauté de la pensée, en rendant
les vers plus coulans et plus harmonieux.

Je ne parlerai pas de mon Ode ; c'est au
Lecteur à la juger. Je dirai seulement que

l'ayant travaillée avec beaucoup de soin,
je ne la crois pas inférieure à la première,
si ce n'est plus monotone, à raison de la
bisarrerie de cette règle.

Quant à mon second Pseaume, je l'ai fait
suivant ma méthode. Aussi, m'y suis-je
abandonné à tout le feu de mon imagina-
tion; à l'exemple des prophètes qui, croyant
voir les choses passées et futures, les peignent comme si elles étoient présentes.
C'est dans les écrits de ce genre que règnent
ce beau désordre, cette énergie et cet
enthousiasme qui caractèrisent l'Ode. C'est
dans nos livres saints que brille dans tout
son jour, cette poésie mâle et sublime
qu'on chercheroit en vain dans nos ouvrages
modernes. Voilà quels doivent être nos véri-
tables émules, si nous voulons égaler nos
grands poëtes. Ce n'est point en les imitant
servilement, mais en puisant dans les
mêmes sources où ils ont puisé qu'on peut
parvenir, non-seulement à les égaler, mais
même à les surpasser. Je ne porte point
mes prétentions jusque là, bien s'en faut;
mais au moins puis-je dire que ce sont là
mes principes, et que je n'en aurai point
d'autres. Je n'entreprendrai point d'Ode ni
de Pseaume que je ne sois saisi par mon
sujet, de manière que je puisse dire, du
fond de mon cœur à l'objet qui m'aura

inspiré, ces paroles du prophète : Le zèle
de votre maison me dévore. *Zelus domus
tuæ comedit me.*

ODE DEUXIÈME.

Un grand bruit dans le ciel vient de se faire entendre.
Aux pieds de l'Eternel Thémis vient de se rendre.
Gémissante, éplorée et poussant des sanglots,
Au monarque des cieux elle parle en ces mots :
Jéhova, créateur du ciel et de la terre,
Toi qui tient dans tes mains et la paix et la guerre,
Soumets cet univers à d'immuables lois,
Et règle le destin des sujets et des rois.

Je t'implore, ô beauté des anges adorée,
Veuille bien me sourire, ô majesté sacrée.
Venge-moi, venge un dieu, venge ta sainteté,
Venge ta fille auguste ou l'aimable équité ;
Fais triompher le juste au milieu des pervers,
De mon peuple chéri protège le génie ;
Punis la calomnie aux yeux de l'univers
Et répand dans les cœurs ta divine harmonie.

J'entends et je vois tout, ma fille, c'est assez :
Je le veux, il suffit ; princes, obéissez.
Cédez au noir transport qui dévore vos ames ;
Qu'Albion dans les mers n'en éteigne les flammes,
Que de l'aigle romaine il achète la mort,
Et l'opprobre éternel de l'empire du nord.
Que du nom des Français l'univers retentisse,
Et qu'à Napoléon l'Allemagne obéisse.

Il dit : et l'affreux temps marche devant sa face.
Le crime à son aspect d'épouvante se glace.

La justice descend dans nos riants climats,
Et l'empereur des Francs s'élance dans ses bras.
A ses côtés on voit la magnanimité,
Le calme au front serein, la tendre humanité,
La sagesse, la paix, et le divin génie
Qui protège la France et prend soin de sa vie.

La discorde à l'instant monte du sein des mers,
Et fait ouïr sa voix à cent peuples divers.
Le signal est donné : des quatre coins du monde
S'élève un bruit semblable à l'Océan qui gronde.
L'ange en est effrayé. Les arsenaux des cieux
S'ouvrent, et laissent voir l'archange radieux.
L'affreux lion rugit, le monstre rompt sa chaîne
Et déjà dans les airs fait éclater sa haine.

Sur la terre aussitôt dégoute sa fureur,
L'occident est couvert de son aile effroyable,
Le ciel épouvanté recule plein d'horreur,
Et la tendre équité pousse un cri lamentable.
Méditant en secret ses formidables coups,
Le fier Napoléon se rit de son courroux.
Albion plein d'espoir en tressaille de joie,
Et le géant glacé court dévorer sa proie.

Le Danube est couvert de ses hordes errantes.
Des Germains effrayez les troupes pâlissantes,
S'efforcent de s'unir à des loups dévorans
Au mépris des traités et des plus saints garans.
Soudain la terre tremble et fait hurler l'enfer,
Le bruit croît, l'airain brille et le tonnerre gronde,
Est-ce le tout-puissant qui vient juger le monde ?
Non, c'est Napoléon aussi prompt que l'éclair,

Où vas-tu, dit l'enfer, dans sa jalouse rage ?
— Où le bras du très-haut dirige mon courage.
Le monstre à ce discours fracasse les forêts,
Et dans ses hurlemens exhale ses regrets.
Il rassure en fuyant l'Autriche épouvantée,
Se dresse sur ses pieds et mesure les cieux,
Fait remonter au ciel la nuit précipitée,
Et franchit l'univers d'un vol audacieux.

Cependant le héros court sans toucher la terre.
La sagesse le suit dans les champs de la guerre.
L'empyrée est ouvert : le ciel est souriant.
Napoléon déjà menace l'orient.
Sur sa route il répand l'allégresse et la joie,
Et, comme un fier lion, il va chercher sa proie,
Aux acclamations des peuples étonnés,
Et qui sur son passage accourent entraînés.

Sa marche est un triomphe, et déjà la Bavière
A de ses légions arboré la bannière.
Teutons, où fuyez-vous ? vos murs sont emportés.
Ne vois-je pas qu'un dieu combat à leurs côtés,
Anime tous ces corps, et pousse ces armées
Jusque sur les remparts des villes alarmées.
Sa foudre vous poursuit au-delà des combats,
Rendez-vous, malheureux, ou craignez le trépas.

Albion vous vomit, la mort vous environne,
Soyez sauvés, un dieu, sa clémence l'ordonne.
Ulm, livre tes remparts, rend tes clefs au vainqueur.
Toi, vieillard de tes flots, appaise la fureur.
Malgré tous tes efforts, les vents et les frimats,
La rage de Bellonne et du dieu des combats,

Memmingen, Nordlingen, Ulm, est déjà soumise ;
L'Allemagne sourit. La Bavière est conquise.

Mille cris de terreur ébranlent les montagnes.
La désolation règne dans les campagnes.
La guerre au front d'airain fait hurler les cités:
La rage et la fureur, à pas précipités,
Laissent voir au milieu la parque ensanglantée
Et l'effroyable mort du ciel précipitée,
Et l'horrible furie aux yeux étincelans,
Les cheveux hérissés, les bras nus et sanglans.

Les cris des combattans font mugir les vallées,
Les villes devant eux fuient échevelées.
Tout cède au bras puissant d'un roi victorieux,
Tout fuit, et le regard et les glaives des dieux.
La victoire s'élève et couronne leurs têtes ;
Déjà la renommée a sonné les trompêtes,
Le géant des déserts a pâli sur son trône,
La rage de l'orgueil sans cesse l'environne.

Il sèche de colère, il en grince les dents,
Frappe du pied les mers, apostrophe les temps,
Elève jusqu'au ciel une tête orgueilleuse,
Et déploie à mes yeux son aile audacieuse.
Tout-à-coup à ses cris, des bouts de l'univers,
Accourent des soldats, noirs peuples des enfers.
Ceux-ci viennent du pôle et les autres du Gange,
L'Europe voit déjà leur horrible phalange.

O mère désolée, où cacher tes enfans !
Je vois de tous côtés tes pavillons sanglans !
Mille cris de terreur partent de la mer Noire,
Et, se multipliant, percent jusqu'à la Loire.

Le sang coule à grands flots dans les vastes guérêts
Les cris des malheureux émeuvent les forêts ;
Le barbare sanglant se jette sur sa proie ;
L'insulaire le voit, il en sourit de joie.

En vain le bras du nord couvre la Germanie,
En vain ce bras sanglant nous verse des fléaux,
François, c'est ton ami qui menace ta vie,
Tes propres défenseurs deviennent tes bourreaux.
Qu'entend-je ! ils sont aux mains ; peuples, accourez tous
Il s'agit du destin de la machine ronde.
Les Français.... pâlissez... vents et mers, taisez-vous,
La victoire est à toi, jouis peuple du monde.

Jouissez, princes de la terre,
Napoléon combat pour vous ;
Il a suspendu son tonnerre,
Peuples, embrassons ses genoux.
Vienne, Vienne, superbe Vienne,
Jadis la gloire des Césars :
Lève-toi, l'ange rompt ta chaîne,
C'est lui qui commande aux hasards.

Pour l'univers, quel beau spectacle !
De voir l'intrépide guerrier,
Docile à la voix de l'oracle,
Joindre la clémence au laurier.
Et celle qui, jusques aux cieux
Osoit porter sa tête altière,
Le front collé dans la poussière,
N'oser sur lui lever les yeux

Mais ne crains rien, veuve éplorée, (1)
Napoléon est ton sauveur ;
Parfume ta couche adorée,
Et va jouir de sa faveur.
Lui seul retient ces fiers lions ,
Les conducteurs de ses armées.
Lui seul, superbes nations ,
Sauve vos cités alarmées.

Vienne , rappelle ton époux ;
Le chef de l'Allemagne entière ;
François, crains le fatal courroux
De cette majesté guerrière.
Maîtresse de ton vaste empire ,
Elle t'offre encore la paix.
Quoi ! prince foible, tu soupire :
Tu vas te perdre pour jamais.

Oui, c'est en vain que tu te cache ;
Aux yeux de cent peuples divers ;
C'est en vain que ton sort attache,
Tous les princes de l'univers,
Malgré ces mondes réunis ,
Et cent mille bouches tonnantes,
Le Hongrois, le Morave aux Français sont unis
Et baisent leurs mains triomphantes.

C'est en vain que tu fuis jusqu'au bout de la terre,
Par-tout te suivra son tonnerre.
Penses-tu que l'orgueil du fier géant du nord
Et le vol effrayant de cet aigle rapace,

---

(1) La ville de Vienne.

B

Puissent te sauver de la mort
Dont son bras puissant te menace!
Mais, prince, tu le veux, ton destin s'accomplit.
Lucifer prend son vol et l'archange pâlit.

L'éternel suspend son tonnerre,
Trois rois sont en présence et vont juger la terre;
Phébus retient le vol de ses brillans coursiers.
Les habitans des cieux sont assis sur des trônes,
Et tiennent dans leurs mains d'immortelles couronnes
Le prix des généreux guerriers.
Le juste aux yeux perçans, le saint par excellence
Sur l'empyrée assis tient déjà la balance.

Il pèse les destins des rois des nations.
J'entends du monde entier les acclamations :
Le signal est donné. Quelle voix de tonnerre
Peut rendre les exploits de tous ces combattans.
Ciel! ô spectacle affreux! l'imperturbable terre
Se couvre tout-à-coup de morts et de mourans.
Quarante mille pris. Tellus est abreuvée. (2)
Français, crions victoire à l'Europe sauvée.

Monarques orgueilleux, où vous réfugier!
Sa foudre vous poursuit, Olmutz est un brasier!
Rien ne peut vous sauver, son bras est tout-puissant,
Ayez recours à sa clémence.
La justice le suit; le voilà qui s'avance :
Qu'il est majestueux! sublime, ravissant;
Admire un tel génie, Europe, lève-toi.
Vole au-devant de lui; France, voici ton roi!

---

(2) Tellus ou Cybèle, ou la terre.

PSEAUME SECOND,

SUR LA DÉPRAVATION DU SIÈCLE.

J'ARRIVE de Babylonne
      Pays de confusion.
Cette reine s'abandonne
      A la prostitution.
Vous qui fûtes son époux,
Roi de gloire, levez-vous,
Sinon faites que je meure.
Considérez sa demeure,
Ses festins, ses beaux atours,
(Elle imite en tout sa mère)
C'est le fruit de l'adultère,
C'est le fruit de ses amours.
Seigneur, voyez-la, voyez votre épouse;
Seigneur, j'ai contr'elle une humeur jalouse.
Au séjour de mort me faut-il descendre
Sans voir Phanuel, visage de Dieu;
Dois-je dans les pleurs, le sac et la cendre
      Mourir en ce lieu.
    Et semblable à ceux qui sont morts
      Depuis plus de trois mille ans,
    Et qui, loin des célestes bords,
    Sont dans les sépulcres errans;

Puis-je après un si long sommeil ,
Soutenir , sans pleurer , les regards du soleil ,
Et reconnoître vos enfans.

Où sont les chefs des nations ,
Les ornemens de votre cour ,
Les conducteurs de vos lions ,
Les délices de votre amour ?

Ah ! ce sont des vieillards enfans de cent années ,
Ennivrés de plaisirs , de joies infortunées !

Ils ont oublié leur emploi ;
Nul d'eux ne songe plus à moi.
Ils ont vendu mes gras tauraux ,
Ils ont dispersé mes brebis ,
Ils ont dévoré mes agneaux ,
Il ne me reste plus de fils.
O Babylonne , Babylonne ,
Reviens , reviens , je te pardonne
Toutes tes infidélités.

Le Seigneur t'aime , il hait tes amans irrités,
Ton corps purifié, revêts tes beaux habits,
Ta robe de pourpre azurée,
Ta tunique de lin brillante de rubis ,
Dont tu te vis un jour parée ;
Tes bracelets , tes coliers d'or,
Ceins ta couronne éblouissante,
Chausse tes souliers neufs encor ;
Parfume ta gorge éclatante.
Sur tes épaules jette un beau manteau royal ,
Que tu reçus de moi sur le lit nuptial.

Viens au devant de ton époux ;
Le son de sa voix est si doux !

Femme adultère, viens, remonte sur sa couche,
Qu'il te donne un baiser, un baiser de sa bouche.

Hélas! tu ne m'écoute pas;
A tous les Princes étrangers
Tu vas prostituer tes célestes appas :
Mais tes plaisirs sont passagers.

Le Seigneur a juré dans sa grande colère ;
Il exterminera les Peuples de la terre.

Ils m'ont piqué de jalousie
En admirant leur propre ouvrage :
Ils ont passé toute leur vie
A n'adorer que mon image.

Mais je vais les frapper dans ma grande fureur,
Allons les effacer, j'ai leur voie en horreur.

Qui balaya les Nations
Dans la caverne des lions!
N'est-ce pas moi, dit le Seigneur?

Allons donc renverser ces superbes montagnes ;
Allons effacer les campagnes.
Courons ouvrir dans la mer
Un passage à nos chevaux ;
Rompre les chaînes de l'Enfer,
Et faire pleuvoir tous les maux.

Allons les dévorer comme une bête fauve !
Maintenant que leur Dieu les sauve !
L'œil du vengeur s'est enflammé,
Le Tout-Puissant s'est armé !
L'enfer est dans ses regards !
Sa voix brise les remparts !
Le Ciel est comme une fournaise !
La terre est comme un tas de braise !
La mer meugle, sèche et tarit !

B 3

Les montagnes, la terre croule!

Le ciel comme un livre se roule!

Dieu puissant, le monde périt!

Voile ton regard formidable;

Le monde est comme un grain de sable!

Son éternelle majesté,

La mère et divine Beauté

Vient sur les collines du monde.

Sous ses pas est la nuit profonde!

La terre est toute rayonnante!

La terre devient son amante!

Accourez, accourez, mortels!

Enfans, dressez-lui des autels !

Baisons ses pieds, baisons ses traces;

Que de beautés et que de graces!

Que son visage est inéfable!

Que le son de sa voix est doux!

Que son tabernacle est aimable!

Ah! de l'ange je suis jaloux!

Mer éternelle de beauté,

D'où découle la volupté..

Mer inéfable de délices,

Reçois nos cœurs, nos sacrifices!

Montre-nous tes appas, montre-nous ton visage!

Ah! je languis, je meurs d'amour!

Que ta divine main dissipe le nuage

Qui m'empêche de voir ton jour!

Souris, ô l'époux de nos ames,

Souris à l'un de tes enfans:

Que tes délicieuses flammes

Viennent diviniser mes ans!

Et que sont auprès de ton nard,

Tous les parfums de l'Arabie !
Que sont auprès de ton regard
Tous les délices de la vie !
Dieux ! que sur ta divine bouche
Un baiser doit être inéfable !
Que dois-ce être donc que ta couche !
Être suprème, être adorable !
Ah ! Seigneur, il vaut mieux un jour
Passé parmi vos saints et dans vos tabernacles,
Que deux mille ans avec l'Amour,
Et dans les terrestres cénacles.
Ici bas, cependant, l'homme se croit heureux ;
Hé que sont les attraits de nos plus belles femmes,
Auprès des voluptés et des divines flammes
Qu'inspire un seul de vos cheveux !
Délicieuse souvenance,
Éternel et charmant vainqueur,
Mon ame est dans la défaillance,
Mon ame soupire d'ardeur ;
Pour son amant,
Pour le Dieu vivant.
Emath, bourgs de Cédar, et vous, champ de Saba,
Un jour le Seigneur vous aima.
Montagnes de la Palestine,
Ses pieds foulèrent vos côteaux.
Jadis on vit sa main divine
Faire usage de vos rameaux.
Le Jourdain vit son beau visage ;
La mer, les vents, la mort, tout lui rendit hommage ;
L'Enfer même en lui vit un Dieu.
Jusqu'au ciron qui vient de naître,
Tout en lui reconnut un maître.

L'enfant dans les bras de sa mère,
L'enfant seul méconnut son père.
Que fit-il ? Dieux ! il l'égorgea !
Et dans son sang il se plongea.
O crime atroce ! Israël
Est-ce là ta reconnoissance !
O de mes agneaux le plus bel,
Puis-je excuser ton insolence !
Levez-vous, morts, répondez-moi ?
Tout vous disoit-il pas que j'étois votre roi.
Toutefois abusant de ma sollicitude,
Oubliant mon amour et la béatitude ;
Vous avez écouté les conseils de l'Enfer,
Vous vous êtes armé d'un parricide fer.
O Jacob ! ô mon fils ! contre ton créateur.
Oser percer le sein de ton suprème auteur.
Réponds-moi, que t'avois-je fait
Pour me maudire en secret ?
Tète dure, réponds, ô toi que j'ai nourri !
Ne t'ai-je pas, troupeau chéri,
Conduit dans les vallons des plus belles campagnes ;
Aux pâturages gras, tendres et verdoyans
Qu'ont arrosé les eaux qui tombent des montagnes,
Et celles qui des cieux s'épanchent par torrens.
Et toi, reine des Nations,
Ne cesseras-tu point tes prostitutions ?
Épouse au crime abandonnée,
Qu'as-tu fait de la foi que tu m'avois donnée ?
Je vais rappeller ma première épouse,
Celle que je quittai dans mon humeur jalouse ;
Celle qui pleure au bord des mers,
Je vais la rappeller des bouts de l'univers.

Dieux ! j'entends des cris de victoire !
Lève-toi, Sion, il est jour ;
Prends les vêtemens de ta gloire,
Vole au devant du pur amour.
Lève-toi, veuve désolée,
Contemple la voûte étoilée.
Il t'ouit et descend des cieux ;
Il est resplendissant, sublime, radieux ;
Pâlissez, Peuples de la terre ;
Il est aussi puissant qu'aimable.
De cette main divine, aux anges inéfable,
Il saisit les démons et lance le tonnerre.
L'univers n'est qu'un point dans sa main redoutable ;
Il peut l'anéantir tout comme un grain de sable.
Du souffle de son haleine
Il peut tout faire mourir ;
Depuis l'homme fait sans peine
Jusqu'au ciron qui va périr.
Et toutefois son amour
Peut seul nous rendre heureux un jour.
Les cieux abaissés,
Il est descendu.
Les monts affaissés,
L'air s'est étendu.
Ses yeux perçans ont allumé le fer,
Il a fait du ciel un charbon de feu ;
Son regard terrible embràse l'Enfer ;
Le monde s'enfuit, l'univers est Dieu.
Quel son éclatant ! quelle voix terrible !
Son courroux s'allume, est inextinguible.
Dieux ! la terre devient la lampe de la foudre ;
Sa lumière éclaire et remplit les cieux.

Rois puissans tombés dans la poudre.
L'éternel a sur vous les yeux.
Criez vers lui, pleurez sans cesse,
Pleurez, pleurez, folle jeunesse,
Pleurez, et faites pénitence;
Que Dieu soit vos seules amours!
   L'indéprécable s'avance,
   Déjà l'ancien des jours
   S'approche dans le silence.
Encore un peu de tems, et les Cieux seront sourds.

SATYRE.

AVERTISSEMENT.

Cette Satyre est une de mes premières productions ; je la mets, ainsi que toutes les autres, sous la protection du Public. Que je la désire avec ardeur cette protection, et que j'en ai besoin pour m'encourager à suivre la route périlleuse que vient de se frayer mon audace. De quel côté que je me tourne, je ne vois que des précipices, des écueils et des obstacles insurmontables ; soit du côté des gens de lettres, soit du côté des comédiens. Hélas ! je ne douté point que ceux-ci ne fussent plus justes que les autres, si les auteurs ne s'en mêloient pas. Peut-être eussent-ils reçu ma pièce (je parle des acteurs du théâtre français) si je ne me fusse point nommé. Mais ayant eu l'imprudence de me faire connoître, sur-tout comme novateur, ils ont fait si bien qu'elle n'a point été acceptée. Voilà qu'elle est l'injustice dont je me plains hautement, injustice dont on conviendra peut-être lorsqu'on aura lu ma Tragédie.

Avant que je ne la livre à l'impression, je

B 6

ferai paroître d'autres ouvrages à la suite de
ma Satyre, tels que mes Tristes, mon Poëme
Satyri-élégiaque, et mon Dialogue épi-
grammatique. Je ne doute pas que mes ad-
versaires ne s'efforcent de les rabaisser et de
les mettre sous les pieds, particulièrement
ceux-ci. Je sais qu'il est de leur intérêt
d'empêcher que ma méthode ne prenne,
afin qu'un jeune homme ne les reforme pas.
Il en coûte de revenir d'une vieille habitude,
sur-tout aux régens du Parnasse qui croient
que le génie s'acquiert avec l'âge. Je ne suis
donc point étonné de leur voir soutenir que
mes vers sont mauvais. S'ils peuvent le
prouver, c'est le vrai moyen de faire tomber
ma méthode; mais s'ils ne le peuvent point,
elle prendra. Je donne donc ma Satyre et
mes autres ouvrages, dans l'espérance qu'ils
pourront peut-être contribuer à la faire
goûter. Si cela ne suffit point, je promets à
la comédie française un théâtre tragique et
comique. Si ce moyen-là m'est ôté, j'aurai
recours à mon Poëme épique.

J'avertis donc mes antagonistes que cette
pièce n'est qu'un prélude, en attendant ce
qui doit suivre. Si toutefois celle-ci ne leur
plaisoit pas, nous pourrions en composer
d'autres; en leur faveur il n'est rien qu'on
ne fasse.

SATYRE.

Hé d'où venez-vous donc, avec cet air joyeux ?
Le rire sardonique éclate dans vos yeux.
Faisant profession d'aimer la vérité,
Auriez-vous répandu le sel de la gaieté ?
Auriez-vous relevé quelque noble sottise,
Avec ce zèle pur que le faquin déprise ?
Ou de bons mots divers glacé le ridicule
Qui de certains esprits devient le véhicule.
Non ; je viens d'un des lieux ou la futilité
Se revètit un jour de l'imbécilité.
Je n'eusse jamais cru qu'on y fût si frivole,
Mais je l'assure enfin, crois-le sur ma parole.
Ami, tu sauras donc qu'en entrant dans ce lieu ,
Il faut bannir de soi toute crainte de Dieu,
Se plâtrer le visage et voiler son esprit ;
A la porte laisser la candeur qu'il proscrit.
Toutefois j'en ai vu qu'entraînoit le torrent ,
Apporter dans ce lieu le cœur d'un jeune enfant ;
Et d'un œil de mépris , au travers de la foule,
Discerner le faquin qui dans le monde roule.
C'est là qu'on voit l'agnès à côté de la prude,
Et la froide coquette, et l'homme d'habitude ;
La docte précieuse à langue emmiellée ,
Et la fausse vertu de son masque voilée.
Là, la luxurieuse a déjà pris sa place,
Tandis que son ami d'un coup d'œil la menace.
Compose sa figure et cherche le moment
De pouvoir bredouiller son fade compliment.
Il s'approche et déjà se tenant sur un pied,
Se courbe et dans l'oreille il lui souffle à moitié.
Alors tout sémillant, son rival plus heureux,
A son côté s'asseoit et lui conte ses feux.

Et l'autre de s'enfuir et celle-ci de rire,
Tandis que ce dernier se lamente et soupire.
Elle lui promet tout ; puis, détournant la tête,
Contre dix champions à combattre s'apprête.
Quelques délicieux accourent à grands pas,
Relever des beautés les trop mesquins appas.
D'autres, d'un marcher fier, traînent en grand silence,
Sur le frêle parquet une tour qui s'avance.
En salutations on les voit s'escrimer ;
Se maudire à voix basse, et tout haut se charmer.
L'un grimace son corps, celui-ci son allure ;
L'autre loue à l'envi sa superbe encolure.
Bientôt les doux propos, revêtus d'ornemens,
Volent de bouche en bouche en termes alarmans.
Tous découvrent à nu leurs pudiques amours ;
Tous raillent du plaisir de les aimer toujours.
De mensonges honteux on les voit se bercer ;
A déchirer autrui voyez-les s'empresser.
Cependant la musique à grand bruit se déchaîne ;
L'oreille s'en offense ; on ouvre enfin la scène.
Une belle se lève avec son greluchon ;
Un autre par la main conduit un guenuchon.
Quatre autres vis-à-vis s'approchent en silence,
Et déjà sautillant font manquer la cadence.
Alors, jambes en l'air, les pointes exhaussées.
Les bras mus en devant, les cuisses enchassées,
L'œil à demi fermé, la tête sur l'épaule,
Le corps branli branlant, sans pouls et sans parole ;
Haletant de son mieux, et baigné de sueur,
On voit enfin cesser l'imbécile danseur.
Joyeux, content de lui, son mouchoir à la main,
Il mendie un suffrage, et se promène en vain.

Il lorgne celle-ci , ne déparle jamais,
Déraisonne toujours , use à tort son palais ;
Et d'un air tout sucré , parlant avec amphâse ,
Débite à sa voisine une méchante phrase.
En de froids quolibets vois-le se ruiner.
Personne , selon lui , ne sait mieux deviner.
Il n'est que ses défauts , connus de tout le monde ,
Qu'il n'apperçoit jamais , et que toujours il fronde.
Sur un ton insipide et doux et mielleux ,
Celle-ci lui répond en se tournant les yeux ;
Approuve de son cœur la tendre courtoisie ,
Et de son cuir usé lui promet la saisie.
Cependant peu content de sa belle conquette ,
Où trouver une telle , aussi-tôt il s'enquette.
Mais laissons-lui chercher le mépris qu'il mérite ,
Et voyons dans ce coin ce que l'on y débite.
Là , de la vérité j'apperçois l'ennemi ,
A son air imposant on le croit son ami.
Il aime l'apparence et non le beau réel ,
Aussi se prise-t-il au-dessus d'un mortel.
Bon , vers lui ce richard s'avance à pas de grue ;
Il l'acoste.... écoutons.... vois comme il le salue :
Hé bien ! que dites-vous de ce beau passe-tems ?
Il me déplait assez , mais ce sont des enfans.
Il leur faut des joujoux , sauter et gambader.
De les voir rejouir ne se peut éluder.
Restons donc. il le faut... mais je vous ai vu rire ;.
Il le faut en ce lieu pour cacher son martire,
Afin de fasciner les yeux de ces beautés ,
Et tempérer l'éclat des belles qualités.
Il ne faut pas toujours taire ce que l'on pense ,
Ni de sincérité faire trop de dépense.

Il faut savoir garder un certain équilibre ;
Et sous des déhors feints montrer une humeur libre.
Mais lorsqu'un important veut nous ravir les cœurs,
Il faut, pour l'éloigner, déprécier ses mœurs,
Ses mérites, son buste, et s'il a bonne mine,
Toutes ses actions en faire un aube-épine.
Alors autrui piqué, tout le monde le hait ;
Le fuir est notre but, se cacher est son fait.
Voilà mon sentiment ; c'est le vôtre sans doute.
Oui, mais s'il est sensible, il prend une autre route.
— Quelle ? –Vous le savez.- Non. - S'il a du talent
Il pourroit à son tour devenir insolent.
- Qui ? - lui ? - vous badinez. C'est une franche bête.
Et personne à mon sens n'eut jamais moins de tête.
Soit .. Cela pourroit être ; il est à désirer...
Mais fuyons ; il ouit, et va nous dévorer.
Alors le parasite aussi-tôt quitte prise,
Et va répandre au loin quelque plate devise.
Ici, d'une maussade il receuille l'éloge ;
Là, ce signe de tête à l'amuser déroge :
Là bas, s'ouvre une bouche à mettre les deux poings.
Je le dispenserai de prendre tant de soins ;
Il m'ennuie à la mort, dit-elle à son amie,
Et je n'ai jamais vu d'homme tel en ma vie.
Peut-on se méconnoître avec un tel physique !
Vous m'empêchez de voir, d'entendre la musique.
S'il pouvoit s'en aller ; ah ! comme je le hais,
Il me donne la fièvre et j'en sens les accès.
Je respire, il s'en va ; conviens qu'il est aimable
De nous rendre la joie par sa fuite agréable.
Ecoutes maintenant ce vrai godelureau ;
Vois donc comme il ennuie et croit faire le beau !

Quel langage affété! quels mots vides de sens!
Il veut rire d'un autre, on rit à ses dépens.
Et ce vain effronté, cet orgueilleux benèt
Qui fait le difficile et qu'on refuse net.
Il se croit tout permis, on diroit à le voir
Qu'il ne sauroit jamais trouver un bon miroir.
Mais d'un mari benin j'apperçois la coëffure ;
Vois-le s'énorgueillir de sa vaine parure.
Il fait le beau diseur, bat déjà la campagne ,
Se retourne en riant vers sa belle compagne ;
Et se glorifiant de l'approbation ,
Etale , mais en vain, son élocution ;
Car tandis qu'il bredouille , un autre, par derrière ,
Allonge sur son chef deux doigts à sa manière ;
Et les autres de rire, et lui d'en faire autant ;
Tant il est vrai qu'il fut cocu, battu, content.
Riez adolescens, le droit en est à vous ;
Mais sois plus reservé , sot et docile époux ;
Sache bien qu'en riant tu peux rire de toi,
Et que le fier amour ne connoit point de loi.
Depuis l'humain altier jusques au vil insecte,
Le plaisir commandé par le dégoût s'infecte.
La femme de l'amour est le palais d'aimant ;
Aimer qui bon lui semble est son digne élément,
Sans doute il est fâcheux de se voir préférer
Le premier freluquet qu'elle veut adorer.
Et sur-tout lorsqu'étant en ta possession,
Tu dois avoir un droit à son affection.
Mais lorsqu'elle te fit un don de sa personne,
Donna-t-elle son cœur? Non, Dieu le lui pardonne.
Elle ne t'aimoit pas ; de quoi donc te plains-tu?
C'est d'avoir d'un manteau son plaisir revêtu.

Quoi ! tu n'aimes donc pas, sensible et charitable,
D'être pour ton épouse un objet secourable.
Non, pas à ce prix là ; vous vous moquez, je crois ;
Vous croyez qu'aisément tous les affrons je bois.
Pas tout-à-fait. Hé bien, à cela quel remède ?
-J'en saisis un. - Quel est-il? - Propose un intermède,
Garde un profond silence et ne l'approche pas ;
Ce sera le moyen de venger tes appas.
La route est, je l'avoue, à suivre difficile,
Car de fuir le plaisir n'est pas chose facile ;
Sur-tout lorsque l'on est pétri d'un fol amour
Pour un objet charmant que l'on voit tout le jour.
Bref, il faut cependant y faire tes efforts,
Et rompre de ton cœur les futiles ressorts.
Faut te garder aussi de ses feintes œillades,
De ces roucoulemens, de ces douces griffades ;
Car, encor que tu sois peu propre à l'attirer,
Son air affectueux viendra te déchirer,
Tu la trouveras belle et déjà moins coupable ;
Et ton cœur dans sa main, tu ne vaux pas le diable.
Mais, cessons ce discours, je vois qu'il te déplait ;
Sois baloté, sifflé, cela rien ne me fait ;
D'autant plus, une belle à parler me convie,
Et sûr j'ai de quoi rire en voyant sa manie.
Elle déplait à tous dans son humeur altière,
Malgré que dans la foule elle soit la dernière.
Souvent à tout propos elle rit sans sujet,
Du bien comme du mal, du beau comme du laid.
Là, d'esprit celle-ci se croit toute pétrie ;
Toute seule elle rit de sa froide saillie.
Là, cet autre venant d'emprunter son visage,
Du parfum de la bouche est riche, et fait usage.

Elle se croit en droit d'infecter ses amis,
Et de leur dispenser ce qu'elle n'a promis.
Là gît l'honnête femme et celle sans honneur,
Celle qui ne connut ni vertus ni pudeur,
Celle qui du plaisir connut la douce amorce,
Avant que l'age mur eût complété sa force.
Là, de jeunes Agnès prennent leçons du vice,
Apprennent à mentir, à chérir l'artifice.
Enfin le freluquet vient de quitter la danse.
Il s'approche déjà, vois quelle contenance !
Quel manchon délicat enveloppe ses mains !
La lubrique le fixe, en parcourt les desseins,
En admire la forme et la possession,
En vaut mieux à son gré qu'en simple vision.
Notre élégant muguet ne s'en étonne pas.
Il déplie un cornet : auroit-il des appas ?
Madame.... Oui, monsieur. Avec plaisir j'accepte.
– Il est bon. – Je le crois. – N'êtes-vous pas adepte ?
–Tout justement.–Hé bien. J'entends, mais permettez
Que j'aille mettre au jour mes desseins projetés.
C'est, comme vous sentez, d'une grande importance.
Aussi-tôt le voilà qui se remet en danse.
Tandis qu'avec vacarme on achève la fête,
Arrive un sénateur à la mine indiscrète.
C'est un de cés humains propres à satisfaire
Le noble et doux penchant d'être prompt à mal faire,
Il est de vos amis et ne vous connoit pas ;
Il hait les orgueilleux et veut avoir le pas,
Détruit la médisance et prêche le bon ordre,
Tandis que ses propos engendrent le désordre.
Tout dépend selon lui de savoir se conduire :
Ma femme est sans défaut, nul n'a pu la séduire,

Dit-il, et tout cela graces à mes caresses.
Je ne lui fais jamais de défenses expresses,
Aussi lorsque j'arrive elle me saute au cou,
Adieu mon cher ami, mon cœur, mon petit chou,
Dit-elle : et si tu sort, elle en fait tout autant.
L'apparence est pour toi, le cœur pour son amant.
Mais c'est assez parler des amans, des époux,
Ecoutons ce que dit Terpsicore en courroux :
On ose me braver ; quelle insolence extrême !
On ose molester le nourrisson que j'aime,
Qu'ont adopté mes Sœurs, que protège Appollon,
Et que je viens de voir dans le sacré vallon.
Polymnie y sourit à ses jeux enfantins ;
Là, Vénus dans ses bras le prend tous les matins.
Euterpe à ses doux sons daigne prêter l'oreille,
Et vous le rejettez loin de vous, ô merveille !
Vous rejettez celui qui fut aimé des cieux,
Qu'il protège, nourrit, élève sous vos yeux !
Où donc est le bon sens que je vous supposois ?
Où donc avez-vous vu que je le méprisois ?
Pensez-vous que le ciel, lent à punir les crimes,
Ne vous réserve un jour pour être ses victimes ;
Pensez-vous que mes Sœurs, Appollon, moi, lui-même
Contre ses ennemis ne lancent l'anathème ;
Et soulevant un jour votre postérité,
Contre un tel attentat aussi peu mérité,
Ne diffament leurs noms aux yeux de l'univers,
Aux acclamations des bons et des pervers.
Oui, c'est trop abuser de ma condescendance,
C'est assez tolérer leur ridicule danse.
Vous, mon fils, délogez au plutôt de ces lieux,
Terpsicore avec vous s'envole dans les cieux.

Je vous suis et je vais, aux soins de mes huit Sœurs,
Confier votre enfance, essuyer tous vos pleurs.
Nous guiderons vos pas vers le temple du goût ;
Arrivé près l'autel, vous vous tiendrez debout.
Là, vous prendrez en main le dard de la vengeance,
Revêtu par l'esprit de toute sa puissance,
Vous percerez les cœurs les plus envenimés.
Toujours en épargnant les vieillards désarmés.
Ou bien vous ferez mieux, et d'un profond mépris
Vous briserez l'orgueil de ces petits esprits.
Ainsi d'un air piqué, la muse au front rebelle
Parle. Son œil est fier, son visage étincelle.
De ses beaux cheveux blonds les tresses ondoyantes
Voilent de son beau cou les neiges attrayantes.
Sa robe d'un tissu que l'œil distingue à peine,
Embrasse le contour du lieu qu'amour enchaîne,
Dessine, enlace, peint sa taille gracieuse,
Qu'appelle du désir la voix luxurieuse.
Un des bouts voltigeant caresse ses bras nus,
Après avoir couvert ses globes détenus.
L'autre en plis ondoyans accuse à l'œil avide,
L'attrayante beauté du membre prolubide ; (1)
Puis se relève, enfin découvre à nu sa jambe,
Menace le giron que son tissu délambe. (2)

---

(1) Prolubide a ici l'acception de voluptueux, il vient du mot latin *prolubido, inis.*

(2) Délamber a ici l'acception de froler, froisser amoureusement ; il vient du mot latin *delambere, delambo,* qui signifie lécher.

Monte, et par un fil d'or se collant à son bras,
Invite les amours à fêter ses appas.
Cependant elle marche, et d'un œil courroucé
Déteste leur plaisir de son cœur repoussé,
Et leur cachant enfin son éclatant visage,
S'enveloppe et s'enfuit dans un épais nuage.
Tel fut de ce beau bal, cher ami, le doux fruit :
Bal dont le souvenir à rire m'a conduit :
Dont je me réjouis, et que, graces au ciel,
Je rappellerai seul pour distiller le fiel.

Nota. J'ai su depuis peu de jours qu'une personne ayant tiré une copie de ma tragédie de Bethsabée, par le moyen d'un jeune homme à qui j'avois prêté le manuscrit, devoit la faire imprimer sous son nom. Pour arrêter les effets d'une telle imposture, et la faire connoître au Public, je crois devoir lui donner une idée succinte de ma tragédie ; il saura donc qu'elle est écrite selon ma méthode, que le but de la pièce est le repentir de David ; que l'amour criminel d'Absalom pour Bethsabée, forme le nœud de l'intrigue ; et que les remords, la jalousie du roi, l'arrivée de Nathan, la mort du fils adultérin et celle d'Abisag, suivante de Bethsabée, opèrent sa conversion qui est consommée par le pardon qu'il accorde à son fils Absalom, et sa séparation

de son épouse dont il a appris l'innocence.
Joab est général de l'armée d'Israel, et
opposé à Achitophel. Celui-ci est conseiller
de David et confident d'Absalom.

FIN.

www.ingramcontent.com/pod-product-compliance
Lightning Source LLC
Chambersburg PA
CBHW071252210626
46818CB00013B/1394